U0045138

幻化

林蘭唐 著

目錄

現實和夢

我把現實和夢

放進了生命的沙漏

當時光

從一邊流逝

另一端

則變得豐盈

等待

長廊的另一端

你從喧鬧中漫步而來

你關上窗

遁入

無聲的黑暗等待

等待一束光

投落

在全熄的思想上

開出一扇洞見

曾一閃而逝的鳴囀

化作飛鳥

紛紛飛入

WAIT

時而在記憶的殘影裡

時而在生活中

某個暫停的片刻

幻化

像光一樣

無法直視

只在眼眸深處

慎重又不經意地

看望一眼

像風一樣

無法捕捉

我用走過的生命面積

接下瞬間

像鏡子一樣

尋找著自己來尋找你的模樣

時而在記憶的殘影裡

時而在生活中

某個暫停的片刻

雪花

雪花

來自天空嘆息的耳語

震攝了萬物

緘默成了冬天

偶然地

有那麼一片雪花

飄進心中

卻沒有融化

不小心讓祕密傳開來

開了

一整座花園

如何

如何以小草的視線

來瞭解大樹

如何以煙火的瞬間

去領略恆星

如何以盛滿流言的雙耳

聽見自己的聲音

如何以滿是自己的心

聽見天使的聲音

我尋找音階之間被遺忘的符號

看見你

就靜靜站在那裡

面具

他驕傲地卸下面具

上面畫著

天使的表情

他登上謊言打造的神殿

膜拜著烈火

也融化不了的冰

裡面什麼都容不下

只藏了一個孩子

在很久以前

流下的淚

過客

列車過了站

你與窗裡人對望

一瞬

兩幅

旅途的風景畫

釋放

斜陽最後的回望

紅透了天地

所有暮色的心

搖擺的心

都被容許了

去無止盡地釋放

路邊的小草

這一刻

彷彿也輕易讀懂了我

倒吊人

你調換天地

逃出時空的牢籠

日與夜

重疊的視線

窺見了靈魂

永恆的居所

預言

早一步走到

你將去往的未來

把你頑皮點亮的戲碼

導向唯一的結局

在海上

與彼岸相繫的線

成了神的計劃

讓命運

在暴雨中也能起舞

在起落間

寫下故事——

風雅

短暫地

晚風吹熄了盛夏

不知名的香

撥開窗帷

心

在遠方搖曳

悸動

有一種悸動

是太陽那般的耀眼

卻隱匿在太陽下

於是

你會偶爾潛入不想天亮的夜

看著它

高歌黎明

天泣

無限
是從天到地之間
多久的無言

你沉默
自心的一端
牽起天
走完你支配的疆域

當輕聲一句
天地相合
只在瞬間

鞭策

昨日的我

端坐在逆光處

無從捕捉的目光

是無數個昨日堆疊的密度

一切景物是靜止的

彷彿騰出了所有心思

等待我

有所行動的剎那

引導我

躍向陰影之上

醒

寂靜水面上

彷佛一聲彈指

你醒了

目光循著漣漪的去向

卻忘了那顆沉下的石頭

沉澱的心

錘鍊

為美和慾望焚身
為尊嚴和榮耀沉著
你往返於狂熱和冷卻
吸吐之間
雕刻自己的王座

你在寒冷中點燃信仰
刀刃迎向狼煙時
刀面卻照見
月下
櫻花樹下
沉默而紛飛

主宰

自出生開始

死亡已被上膛

與板機的咫尺之間

死神正在倒數

我去往遠方尋寶

尋來許多他未曾聽聞的趣事

直到他厭倦等待

走了

把主宰留下來

傘

雨天的路上

我撐起了自己的天空

踩過水窪時

發現天氣

正值晴朗

結束

夜幕下的火焰

是靈魂

最後的告別

它燃燒著走過的記憶

又留出空間

令你憶起整個世界

曾在你之中

舞蹈

你奔向了透明

走過海浪

越過星辰

夜色

向著遼闊

全部的你

融化在夜色裡

月畫起

與自己的距離

許願

睡在搖籃曲中

醒在流星群下

浩瀚卻又純粹的願望

是你每一世

帶去的溫柔

點亮了靈魂的光彩

它散落在宇宙的深眠處

等待每一次的仰望

喚醒

細細讀取

祂的凝視

如何抵達？

在一次眨眼間

走過一光年

走過一光年

彼岸上

光點輕輕閃動

像低語

在一個字裡

已訴說一次輪迴

如何抵達？

在一次眨眼間

走過一光年

原點

放開了手

把所有習慣的顏色

藏進眼底

留下黑與白

留下稚嫩

共舞在最初相遇的距離

觀望

人們歡舞於豐收祭

影子歡跳著

迷失在飽和的麥穗下

你在山頂上

只有一片雲

透過一圈又一圈的光暈

看麥田

此起 彼落

無

如果時間是一幅畫

你說要塗去黑夜

讓白晝

永遠燦爛

卻也塗去了天亮前的夜裡

你眼中

企盼的光明

牽絆

還遠遠

未離開塵世

縱使

已然臣服

卸下了全部話語

換來耕作天邊

一片浮雲

卻在雨水

覆上大地之際

如淚澆透你的記憶

想起當時

看傘下落花

心上落雪

初夏

葉落

雪舞

櫻花後

春收起遊心

化作風

走進竹林

沉思

清晨起

借光翻一頁詩

再翻一頁

已是黃昏

心

比正午還亮

默劇

聽！

那碎了一地的殘響

曾是流星

閃爍的話語

在最黑的夜裡

唱起最美的心願

卻在世界被催眠以前

墜入塵埃

如今

反覆浸染晝夜的雙手

能否

將再次引燃的火苗藏起

讓誓言止於舌尖

遁入沉默

在每一個轉身中

演譯自己

進行式

底片的空轉
響徹——
是堆砌成牆的回憶
在瓦解
是一道門鎖
被轉動的聲音

在你錯位的心間
正放映著
不存在的回憶錄

真正的電影
還未上演

憶起

去往時光的遺跡上

你哄睡了

等待癒合的傷

陪它夢著

曾經完整的模樣

信念

征戰過後

天空自廢墟中澄澈

你穿過夢的殘骸

明白它們

只是睡成了遠方的道路

心落下帷幕

並不為從困頓逃離

在這片寂靜之上

你聽見鳥兒唱響了

倖存的信仰

一路走去

慢慢地

不再聽見呼吸的起伏

記憶攀向高處

循著時間倒流的聲音

它陌生而熟悉

灑落在曾經

被遺忘的傷口上

你回來了

再也走不去

你走過的街道

再也等不來

你坐過的巴士

再也看不到

你快樂時發光的那片天空

再也尋不著

你難過時唱歌的那個世界

我數著還記得你的日子

卻已不記得

你還在的日子

再也走不去你走過的街道

於是我走了另一條路

我數著向前的步伐

那時才聽見

身後

你的腳步聲——

期望

向著沒有入口的花園
開扇窗
靜靜坐著
細數一朵朵種下的期望

你掃去
屋裡沉積的回憶
只留下依然呼吸的過往
將它們鋪成沃土

等待太陽

朦朧了窗的界線

讓花開進來

未了的約定

風兒

曾因誰的呼喚而起

時間

曾為誰的願望屏息

你是否

曾在風中聽聞

關於自由的故事

你是否

曾在時間之外想起

未了的約定

天使

他敞開雙臂

迎向天空

風起了

衣衫和髮間盛滿了聯想

放眼晴空萬里

我卻瞧見

他身後藏躲的雲絮

像一半的翅膀

是全然的渴望

而另一半正在祈願中

靜默展翅——

一聲振翅

穿過了群演的臉孔

逆光而上

城市之上

欲望暗湧的喧鬧中

彼此都緘默不語

只是低頭

又匆匆

走上被寫下的腳本

他在人群中止步

退出這場和諧的戲幕

一聲振翅

穿過了群演的臉孔

逆光而上

迷宮

總是擅自掉進迷宮

以為是上帝布下的局

總是低著頭

卻期待在轉角

巧遇終點

也許迷宮

本是一條長而簡直的路

卻在狹窄的視野裡

被胡亂折疊

一百零九個日出

我盯著秒針走

一圈又一圈

從上一秒到這一秒

某處正有人們在道別

從這一秒到下一秒

可能是誰的最後一眼

我依然盯著時鐘

還呼吸著、平平靜靜

就像幾分鐘前那樣

太陽只動了一點點

心卻走過

一百零九個日出

門

五光十色的夜
看遍繁華人間
卻尋不著
一片仰望明月的窗

於是我傾盡所有
曾為生命喝采的顏料
塗畫了一道
通往雲上的門

空

空

冷漠而無語

因為它掏空了自己

為你

留出一個世上

最安靜的地方

近和遠

近看時

是你垂下的眼簾

遠看時

是一個沉思者的夢

近看時

是你上揚的嘴角

遠看時

是知曉了一切

又沉默——

直視

停下腳步的時候

雪來了

它隱去面孔

以無聲

吶喊你淡忘的名字

你點亮一盞燈

像個陌生人

看著夜晚如何被覆蓋

走過的路變得模糊

卻一點一點地聚焦

遺失之物

發現

送上最全然的傾聽
給每一陣雨中
來自天空的聲音
它在土壤間歌頌著孕育
在花草間歡唱著生機

送上最崇敬的注目
給每一刻
鮮活的思緒
它隨著雨後長虹乍現
隨著荷葉上的露珠閃爍
隨著天上浮雲的流動
飄向無數個明天

四季

當秋風颳起

心緒被吹得凌亂

模糊了你

記憶中夏日的晴空

當最後的落葉

落滿陽光奔跑過的大地

你便淡忘了曾經的

萬物萌生

直到大雪紛飛
你已不記得冬天之外的顏色
才會想起
已經離春天太遠

卻至此開始
綠意才在心中
前所未有的鮮明

一方天地

窗户下

貓兒蜷著身子

正懷抱自己的天地

我悄悄拉上窗簾

願能延長

你的夢

湖中天

在心上

掛起一輪月

月落進湖中

天亮了

浮世

群鳥的掠影

揮著日月的時針

劃過大地

也劃過——

你的心弦

你俯身想觸及

卻只撈得

一手浮光

玄機

淺浪之花
以惡魔的嘴型
在腳邊綻放

你無視浪尖上
浮誇的耳語
識破大海的緘默下
埋伏的心思

搖曳

你是如此快樂

那聽著真切的笑聲
迴盪在清晨的小巷

看著就要起舞的步伐
隨著太陽的折射漫步

卻有一瞬
憂傷自你眼中湧現
當夕光滿溢山谷間
傾瀉而下時——

夢中夢

月升起

唯你獨醒

靜靜地看著

睡去的花兒

睡去的風

那一夜你夢起

醒在月光裡

雨點打在窗上

貼著一顆沉默的心

滑落

改寫

雨點打在窗上

貼著一顆沉默的心

滑落

斑駁了那些

反覆改寫

卻不曾被奏起的樂章

你沉澱了琴鍵的回想

讓過往的聲音

釋放——

在一個沒有雨的地方

懂得了雨的悲傷

靈感

雨

是天空

最美的心碎

是被稀釋的清酒

一點一點澆熄喧鬧的大地

在無聲裡

醉成另一片天

我

就像看雨

看著思想的碎片飄落

在留白之處

鋪起靈感的全貌

顛覆

和諧構築的空間
沒有動盪
毫無偏差
以一致的步伐運行

死神背離一切軌跡
靜靜地行走在邊緣
他朝向曾直視他的人心
在祥和中
敲出一道裂痕
悄悄揭下謊言的碎片
令真實
流瀉而入

同步

你從不區分

生活與畫

於是你的夜裡有了太陽

筆下的視線

也有了呼吸

迫降

每當心的四季更迭
你總是習慣放手一切
張開候鳥的翅膀
遷向溫暖的地方

有時過於頻繁的遷徒
令你遺忘
曾有過雙手

若是命運讓你折翼
你不埋怨
因為有了理由迫降
在不曾想像的地方

在沒有翅膀的日子裡

能憶起雙手

慢慢種植

自己的季節

對面的你

你看雨時

我在晴空萬里下

也聽見了雨聲

我看彩虹時

你說

彷彿有道光

穿過密布的烏雲

即使你我的地平線

不再重合

我們依舊坐下來

聊聊天

攤開手裡折疊的心

就像曾經一同在陽光下

那毫無保留的

午後日常

完美主義

我用虛構的真理

刻畫你的翅膀

一筆一筆的慎重

都令你的羽翼

愈發豐盈

每個理想的天空

都有你盤旋的身影

我著迷於你

你卻俯視我

還未起飛的每個腳步

捕夢

昨夜的夢

將要隨著星辰

沒入白晝

我循著它尚未熄滅的亮度

在拂曉的微光中

替它塗上

如正午一般的明亮

生活

有一天

你丟下顏料

丟下筆

丟下塗滿繁華盛世的薄紙

以生活為畫布

自己為筆

在最近的眼前描起呼吸

在最遠的想像畫著心情

你不上色

只讓時間的色彩

淡淡 沉澱

童年

傾聽一個聲音

從無名的遠方走來

可愛而美好

指南針也沉醉地睡去

它簡簡單單

卻不被任何音符和文字解讀

它是時光的信差

捎來的音訊

只能用心

讀懂和留下

花信

無人的鞦韆

你留下離別的花

香氣擺盪在風中

吹拂沾染著夕照

有些淚水

有些微笑

彷彿溢滿了整條街道

數不清

道不盡

你讀著只有你看見的信

直到太陽落下以前——

無聲之聲

你獨坐一片

純白遐想

想著如何降下一場

不滅的細雨

日光是你唯一的照拂

把恆久的旋律

寫進雲朵的樂譜

直到成為

盈滿自身

只消

讓呼吸輕輕墜落

變成千言萬雨中的無聲

卻令人著迷

剪夢

夢

是無限的生——

我窺視了死神的眼睛

才醒過來

夢

是生到死的距離

我不時醒來

偷偷借死神的鐮刀

拿來剪去

生命的長度

和平

日出

草香入微風

鳥語穿過雲朵

喚醒夜的夢

湖水靜靜地畫著澄藍的天

便知曉

今日的大地

依舊和平

你用靈魂的濾鏡

拍攝

天空的盡頭

浮升

有時一雙眼

只見眼前忙不完的事

心裡的嘮叨聲

似熱浪翻騰

閉上眼

風扇的轉動聲變大了

風更涼了

隱約聽見窗外鳥兒振翅的聲音

再睜眼

天上的雲

忽然近了

鏡像

你用靈魂的濾鏡

拍攝

天空的盡頭

拍下的卻是天空的眼睛

看見的自己

淬鍊

一顆隱忍的心
抑制不住地前行

烈日下
無可迴避的是試煉
無處藏匿的是決心

直到汗水蒸發
心智也融化
只剩靈魂折射的剔透
在茫茫沙漠中
指向遠方的綠洲

心刃

收起利刃的猖狂

一點點打磨

成為水的模樣

它暗流

在寧靜的血液下

與沸騰的心

相望

不曾褪去的鋒芒

刺向

走去的每一方

束縛

記憶中

鮮紅的傷痕

掛起一道道庇護的鎖鏈

它擋下險惡的前方

也封上了

自由的想望

你想逃離

但那掙脫的心

卻成了最重的枷鎖

因為你豈能

毀損自身的一部分？

接受它

為奮鬥過的證明

讓一道道鎖鍊

化身武器

與你同行

惡魔

在月光的縫隙

不期而遇

他輕笑著向你招手

以鴻毛之輕

撫觸你心底的顫抖

你於是

在那抹看似親切的凝視下

沉沉睡去

欲望——

代替了明日醒來

影子

一天的開始

我逐漸收起搶眼的步伐

踩著規矩

謹慎向前

一天過去後

我伸了個懶腰

躺成一整片夜色

時代變遷

你最後一次迷戀蝴蝶

在這片天空下殘存的甜美氣息

它將隨風遠行

你一一埋葬

不再屬於這裡的信仰

冷漠地

對命運說謊

雲散去

不再聽見這片土地的故事

你是誰

依然留在這片天空下

臣服

雨水降下

不因為哭泣

只是雲朵已長大

放下身段

以謙卑的姿態

回報滋養他們的大地

草木凋零

不因為失落

只是從腐敗的盈滿放逐

走向新的生機

預感

自從你知道

要在某天抵達那棵樹前

一條燦爛的小徑

忽然間

在黯淡的人群裡綻開

不急也不慢

你走著

聽水脈的輕歌

奔向虔誠而稚嫩的心跳

在無數次大雨後

陽光又灑落的一天

你走到我身邊

花正好開了

雨

雨啊

對萬物

你贈予一切而無求

於某個傷心處

你一同哭泣而無語

但又有誰

來洞悉你的多情

啊！

在雲端的視角

你只是一如既往地

走向自己的路

嘉年華

華麗的裝束下

束起的是層層嚴謹

笑眼的面具後

沉澱著視線的睿智

你一個轉身

踏著詼諧的舞步

加入一場不能退出的

盛大慶典

一念

亮起時

看存在的一切

熄滅時

聽虛空的一切

宇宙間

掛著一盞

一念

明滅

流動

光

突兀地闖入眼簾

撬開完整的夜色

讓時間

流向明天

畫海

留出空白

你畫著被世界遺忘的

最後的那塊拼圖

裡面有大海

湧進的浪

有雲朵捎來的遠方

卻唯獨

照不進陽光

有個人沿著海邊走來

在你的沉默前停下

他拾起回憶

笑著幫你畫上太陽

你卻哭了

實現

一幅畫

推開了那扇窗

一朵花

探出了你的夢

隨順

讓一切流逝
別挽留

讓月色
流進一首歌

讓花香
流進一首詩

讓回憶流向過去

讓時間流向未來

天空

從哪裡開始
是天空的起點？

是從歡呼聲躍起的山嶺
是從嫩芽冒出的土壤
是從你睜開眼
看見手與星辰相連

直到哪裡
是天空的盡頭？

直到最後一次風又吹起花落

直到雲霧似海

直到

鳥兒飛逝遠山間

你閉上眼也依舊能看見

越過的另一片天

階梯

有一種夢
發現之前
是幻想
發現之後則變成理想

有一種思維
瞭解之前
像仰望偌大的星系
瞭解之後
只看見一顆流星
朝著屬於它的軌跡前進

有一種自我

在成為之前

拼命武裝著令人摸不清的霧

成為之後

便只以一縷光

完整自己

心輪

一次次

拾起晨露的清香

一步步

卸下豔陽的華袍

走向黃昏的路

唯有夕影照拂

沉默不再回首

獨留身後

千呼萬喚散盡

落了滿地的剪影

被晚風的歌聲縫補著心痕

借星斗的片語

拼構將至的曙光

忘情

千里的遠洋上

你空船而歸

卻滿載了一身風采

那風有冬日的蒼勁

春日的樂音

你展露夏日的笑顏

只說一種情

留給了大海

秋日的小船已停港

而心

才正要啓航

時間

站在原地

總想留住些什麼

從小河裡

從風中

從人群裡

時而拚命去攔下

水中的流沙

風中的耳語

或是某個人的回首

但他們只說

是你

正向著過去走遠

引力

在深水中

投下凝結的火種

每一道化開的漣漪

沉澱了野性

將寂靜升起

水波淺淺而悠遠

一遍一遍

洗鍊意識的幅度

直到下沉

至太陽也照不見的深處

卻依然記得

將以光的形貌復甦

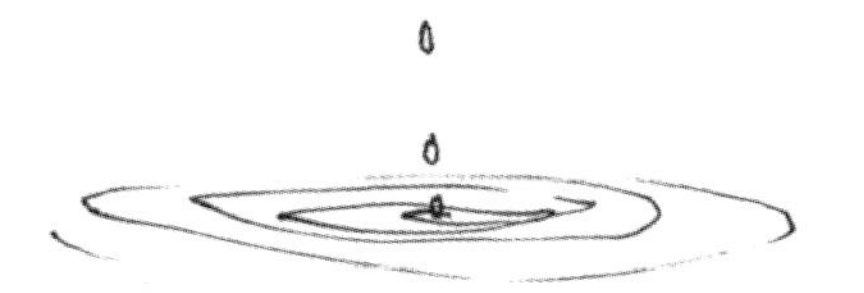

重組

宣告黎明的鐘聲響起
你留在了午夜
拆解著盈滿
而不再轉動的時間

齒輪散落
成星芒
以嶄新的光輝
踏著舞步呼應彼此

心靈的鐘擺
以書寫一段旅程的篇幅
一次次褪去
時空的重量

一次次盪向——
日月之上的未來

心樂

遠離喧囂之外

他走向夕陽的天空

喚醒沉睡的心

風兒傳遞著他的思緒

花兒在醉中搖曳

他吹熄了日的焦灼

讓晚霞的紅

輕輕染上夜的夢

只留下餘暉的火苗

投放在思念深處

在城市間

燃起夜裡的第一盞燈火

穿越

你害怕夜裡
聽樹梢在風中低語
你厭惡錯落的房檐下
談笑的凝視
為了逃離
你攀往高處
高舉雙手

那時我卻看見
你托起了天
掌上生月
灑下繁星——

看拂曉

探出的第一朵花

學問

最難的論文

在哪裡

看夕陽落山前

凝望

世界的眼神

最好的演講

在哪裡

看光明

穩坐黑暗中

闡述自己

最真的話語

在哪裡

看拂曉

探出的第一朵花

歸宿

暖燈漂泊

在逆流而行之處

來自千種溫柔的引路

你不曾孤獨

卻也不曾為之停駐

始終向前

尋覓那盞

只為你明亮的矚目

自己的模樣

拋下自己是誰
只是成為
一個追逐光源的人

因為光會將看見的
用影子畫下

輕

你摘下五月盛開的玫瑰
卻沒帶走
她的香氣

你一眼望穿塵埃
卻不見天空的藍
染進眼底

風盛著大地的歲月吹向你
你拒絕了迎擊
也就拒絕了驚喜
只徒留
一身輕

已綻放了一次春天

如果一顆種子

在冬眠裡

已綻放了一次春天

那再漫長的冬季

於你而言

也顯得十分短暫

密碼

站在逆流中

迎著浪

快樂和悲傷都打在身上

又悄悄捲走時光

不追憶

默默撿拾

擱淺在岸邊的浪花

來自大海的聲音

生命

為了真理

你尋遍書海下

卻忘了抬頭

忘了借光

翻閱自己

那些歲月已提筆

在你注視的每一處

寫下的軌跡

你的世界

是天空描著窗户

還是窗户描出天空

是光亮映著黑影

還是黑影映出光亮

是喜悦刻著悲傷

還是悲傷刻出喜悦

是夢畫著現實

還是現實畫出夢

我不知道你的答案

但是我知道

你的視線——

就是你的世界

後記

對我而言，詩是一個字裡暗藏的玄機，是在一片葉子上找到的世界，是在一個瞬間看見故事的全貌，是從一座花園淬鍊的香精，是最美的文字表達。

生命每一次的錘鍊都是沉入純黑的夜，每一次的穿越都增添了思想的分量，當它們飽和到像雨水般降下，我有幸一次次以詩去承接，幻化成光點，灑向要走去的未來。

感謝此刻拿起書的你，願我的作品能為你的生活帶來小小的陪伴。

詩

是無聲的音樂

國家圖書館出版品預行編目資料

幻化／林蘭唐著. --初版.
--臺中市：白象文化事業有限公司，2022.10
面； 公分
ISBN 978-626-7189-10-8（精裝）

863.51 111012759

幻化

作　　者　林蘭唐
攝　　影　林蘭唐
插　　畫　林蘭唐
發 行 人　張輝潭
出版發行　白象文化事業有限公司
412台中市大里區科技路1號8樓之2（台中軟體園區）
出版專線：（04）2496-5995　傳真：（04）2496-9901
401台中市東區和平街228巷44號（經銷部）
購書專線：（04）2220-8589　傳真：（04）2220-8505
專案主編　陳婕婷
出版編印　林榮威、陳逸儒、黃麗穎、水邊、陳婕婷、李婕
設計創意　張禮南、何佳諠
經紀企劃　張輝潭、徐錦淳、廖書湘
經銷推廣　李莉吟、莊博亞、劉育姍、林政泓
行銷宣傳　黃姿虹、沈若瑜
營運管理　林金郎、曾千熏
印　　刷　基盛印刷工場
初版一刷　2022 年 10 月
定　　價　260 元